這本可愛的小書是屬於

_____ 的！

國家圖書館出版品預行編目資料

媽咪／寶貝－第一次陪媽媽上學／簡宛著;李廣宇
繪.－－初版一刷.－－臺北市：三民，2005
面；　公分.－－(兒童文學叢書.第一次系列)

ISBN 957-14-4209-7　(精裝)

850

網路書店位址　http://www.sanmin.com.tw

© 　媽咪／寶貝
　　　　──第一次陪媽媽上學

著作人　簡　宛
繪　者　李廣宇
發行人　劉振強
著作財　三民書局股份有限公司
產權人　臺北市復興北路386號
發行所　三民書局股份有限公司
　　　　地址／臺北市復興北路386號
　　　　電話／(02)25006600
　　　　郵撥／0009998-5
印刷所　三民書局股份有限公司
門市部　復北店／臺北市復興北路386號
　　　　重南店／臺北市重慶南路一段61號
初版一刷　2005年2月
編　號　S 856811
定　價　新臺幣貳佰元整
行政院新聞局登記證局版臺業字第○二○○號

有著作權・不准侵害

ISBN　957-14-4209-7　(精裝)

記得當時年紀小

（主編的話）

　　我相信每一位父母親，都有同樣的心願，希望孩子能快樂的成長，在他們初解周遭人事、好奇而純淨的心中，周圍的一草一木，一花一樹，或是生活中的人情事物，都會點點滴滴的匯聚出生命河流，那些經驗將在他們的成長歲月中，形成珍貴的記憶。

　　而人生有多少的第一次？

　　當孩子開始把注意力從自己的身體與家人轉移到周圍的環境時，也正是多數的父母，努力在家庭和事業間奔走的時期，孩子的教養責任有時就旁落他人，不僅每晚睡前的床邊故事時間無暇顧及，就是孩子放學後，也只是任他回到一個空大的房子，與電視機為伴。為了不讓孩子的童年留下空白，也不願自己被忙碌的生活淹沒，做父母的不得不用心安排，這也是現代人必修的課程。

　　三民書局決定出版「第一次系列」這一套童書，正是配合了時代的步調，不僅讓孩子在跨出人生的第一步時，能夠留下美好的回憶，也讓孩子在面對起起伏伏的人生時，能夠步履堅定的往前走，更讓身為父母親的人，捉住了這一段生命中可貴的片段。

　　這一系列的作者，都是用心關注孩子生活，而且對兒童文學或教育心理學有專精的寫手。譬如第一次參與童書寫作的劉瑪玲，本身是畫家又有兩位可愛的孫兒女，由她來寫小朋友第一次自己住外婆家的經驗，讀之溫馨，更忍不住發出莞爾。年輕的媽媽宇文正，擅於散文書寫，她那細膩的思維和豐富的想像力，將母子之情躍然紙上。主修心理學的洪于倫，對兒童文學與舞蹈皆有所好，在書中，她描繪朋友間的相處，輕描淡寫卻扣人心弦，也反映出她喜愛動物的悲憫之心。謝謝她們三位加入為小朋友寫書的行列。

　　當然也要感謝童書的老將們，她們一直是三民童書系列的主力。散文高手劉靜娟，她善於觀察那細微的稚子情懷，以熟練的文筆，娓娓道來便當中隱藏的親情，那只有媽媽和他知道的祕密。

　　哪一個孩子對第一次上學不是充滿又喜又怕的心情？方梓擅長書寫祖孫深情，讓阿公和小孫子之間的愛，克服了對新環境的懼怕和不安。

　　還記得寫《奇奇的磁鐵鞋》的林黛嫚嗎？這次她寫出快被人遺忘的回娘家的故事，親子之情真摯可愛，值得珍惜。

　　王明心和趙映雪都是主修幼兒教育與兒童文學的作家。王明心用她特有的書寫語言，讓第一次離家出走的兵兵，幽默而可愛的稚子之情，流露無遺。趙映雪所寫的雲霄飛車，驚險萬分，引起了多少人的回憶與共鳴？那經驗，那感覺，孩子一輩子都忘不了，且看趙映雪如何把那驚險轉化為難忘的回憶。

　　李寬宏是唯一的爸爸作者，他在「音樂家系列」中所寫的舒伯特，廣受歡迎；在「影響世界的人」系列中，把兩千五百歲的酷老師──孔子描繪成一副顛覆傳統、令人印象深刻的形象，更加精彩。而在這次寫到第一次騎腳踏車的書中，他除了一向的幽默風趣外，更有為父的慈愛，千萬不能錯過。我自己忝陪末座，記錄了小兒子第一次陪媽媽上學的經驗，也希望提供給年輕的媽媽，現實與夢想可以兼顧的參考。

　　我們的童年已遠，但從孩子們的「第一次」經驗中，再次回到童稚的歲月，這真是生命中難忘而快樂的記憶。我希望每一位父母都能與孩子一起走回童年，一起讀書，共創回憶。這也是我多年來，主編三民兒童文學叢書，一直不變的理想。

2

作者的話

　　還記得那提著小書包陪著媽媽上學的孩子，轉眼間，已長大成人，主導著自己的人生路程。可是那一段陪讀的日子，卻深印心中，成了我們母子間一段共同回憶，也是促成我寫這篇故事的動機。

　　陪媽媽上學是何種特殊的感覺？這並不是每一個孩子都有的經歷，但是「沒有」並不是不可能，這世界有太多一成不變、日久成型的規範，讓我們的生活照章行事，了無創意。有時候一點點變化，把角色對換的創新，放手給孩子幫忙做家事的機會，甚至陪媽咪上學的新奇經驗，常常使急於長大的幼小孩子，自覺是「大孩子」。孩子從被肯定中，也學會了付出的快樂。尤其在父母及長者的讚美聲中，更加深了良好行為的動機。

　　當初年少，我其實並不了解這些兒童心理，只是急於圓一個心中的夢。

　　在年輕的歲月，大家都忙著衝刺事業與充實自己，一個家，兩個孩子，加上半天上班，日子已忙得團團轉。身在海外，能伸出援手、幫忙照顧孩子的親人不多。但心中不停叩響的聲音——「想多讀些書的心願」，始終沒停。身處伊利諾大學校園，圖書館系是全美有名，尤其是兒童文學，青少年讀物，以及家庭教育與管理等課程，實在太令人心動。但是想及年幼的孩子需要照顧，對於一個心中有夢的年輕媽媽，這常常是內心交戰的煎熬。

　　於是，決定帶著年幼的孩子一起上學。

　　一直到孩子長大，自己對兒童教育心理也比較有進一步了解後，才恍然大悟，這是多麼好的決定。這一段親子共讀的經驗，竟然培養了孩子一生愛讀書的習慣，自己不僅滿足了求知的心願，也創造了兩代美好回憶。

　　家庭與事業，一直是一個永遠討論不完的題目，在家照顧兒

3

女，或尋找自己的天空，是多少愛家又愛事業的婦女心中的掙扎，我也經歷了那魚與熊掌難於兩全的掙扎。雖然這並非最好的解答，但是卻給了我一個美好的回憶。

我因此也急於和人分享這樣的經驗，希望與我同樣心中有夢的年輕媽媽，別放棄了這與孩子共同學習的快樂。

也許，這也不是一個很好的故事，只是這個故事可以供給愛家，愛孩子也愛自己的父母，一個另類的參考。

媽咪寶貝或寶貝媽咪，在我們心中，永遠有最好的位置存在著。這也是我寫這一本書的最大心願。

祝福天下愛家愛孩子的父母，和我一樣，有一個愉快的親子共讀之旅。

4

媽咪／寶貝

第一次陪媽媽上學

簡 宛／著

李廣宇／繪

奇奇站在窗口，看著雨下個不停。

「媽咪，奇奇好想出去玩。」

媽媽也看著外面的天空，順口唸著：「雨啊！雨啊！請快走開，小奇奇想到外面和太陽公公捉迷藏。」

奇奇笑了，「媽咪，奇奇不喜歡下雨天。」

「為什麼？」媽媽笑著問。

「因為我們不能到外面玩。」

奇^{ㄑㄧˊ}奇^{ㄑㄧˊ}又^{ㄧㄡˋ}跑^{ㄆㄠˇ}去^{ㄑㄩˋ}坐^{ㄗㄨㄛˋ}在^{ㄗㄞˋ}媽^{ㄇㄚ}媽^{ㄇㄚ}的^{ㄉㄜ}大^{ㄉㄚˋ}椅^{ㄧˇ}子^{ㄗˇ}上^{ㄕㄤˋ}。

「奇^{ㄑㄧˊ}奇^{ㄑㄧˊ}也^{ㄧㄝˇ}不^{ㄅㄨˋ}喜^{ㄒㄧˇ}歡^{ㄏㄨㄢ}媽^{ㄇㄚ}咪^{ㄇㄧˋ}做^{ㄗㄨㄛˋ}功^{ㄍㄨㄥ}課^{ㄎㄜˋ}。」

看到媽媽書桌上那一大堆書，
奇奇又問：「為什麼媽咪要上學？」
「因為奇奇上學後，
媽咪就沒人陪她玩了。」
媽媽說。

「媽咪也上學，哥哥也上學，
奇奇什麼時候可以去上學？」
「奇奇長大就可以去上學了。」
「奇奇是大孩子了，奇奇要上學。」
奇奇伸出四根指頭，很神氣的說。

「嗯，奇奇是大孩子了。
奇奇要不要陪媽咪去上學？」
「真的？哇！奇奇要上學了。」
奇奇高興的大叫。

媽媽把奇奇摟過來，
蹲下來對他說：
「媽咪的學校都是
大孩子，奇奇要小聲
說話，不可以大吼大叫。」
奇奇很懂事的用好小
好小的聲音在媽咪
耳邊說：「奇奇小聲說話。」

12

13

校有好多有趣的書。走進媽媽的學校，有還有那的媽媽和圖書館裡，那裡的媽媽都打書和書，媽媽的氣，覺得了。

媽媽的大房子，圖書館各式各樣和書館，同學們微笑打招呼突然大人了。很大大圖書各式各奇圖同學微奇奇他也是

14

媽媽牽著奇奇的手，指著桌上的
地球儀，說：「這裡是美國，我們
家在這裡，阿公阿嬤的家在
臺灣……」

室書畫

奇奇用心聽著
媽媽說話，又好奇的
東張西望，一看到
圖畫書室，立即拉著
媽媽進去，大叫著：
「哇！媽咪，好多
故事書，我要聽故事。」

　　奇奇也搬來了一本本圖畫書
放在旁邊，很正經的說：「奇奇
是媽咪，在做功課。」

「謝謝奇奇！」
媽媽在奇奇的
臉頰上親了
一下：「媽咪
是奇奇，在
看書。」

23

媽媽的同學一個個過來輕輕的對奇奇說：「這是誰家的孩子啊？這麼安靜的看書！」他們坐在小椅子上，圍成一個小圈圈，「我們來唸書給奇奇聽，看他喜不喜歡這個故事──

「小熊走出森林，小熊迷路了，
他找不到媽媽，他好害怕……」

媽媽的同學唸著
「小熊迷路的故事」，
奇奇用心的聽著，
記起了他第一次
和媽媽去百貨公司，
一下子找不到媽媽，
好害怕，想到小熊
找不到路回家，
奇奇就哭
起來了。

「怎麼了奇奇？
怎麼哭起來了？」
大家一起看著奇奇，
媽媽把奇奇摟在
懷裡。

「小熊好可憐。」
奇奇同情的說。

「奇奇，小熊
迷路了怎麼辦？」

「奇奇幫小熊
找到他的媽媽。」
奇奇說。

「怎麼找呢？」
大家又問。

29

「打電話！」看著
大家很用心的聽他
說話，奇奇覺得自己是
大孩子了，很神氣的說：
「我記得爸爸的電話，
請警察伯伯打電話
也可以。」奇奇記得媽媽
教過他記電話，怎麼
媽媽的同學都不知道？

「哇！奇奇好棒！我們去幫小熊找他在森林裡的家囉！」

奇奇好開心，陪媽媽上學，多麼好玩啊！可以學好多書，還可以編故事。最開心的是幫媽咪做功課，還幫小熊找到家，長大多好玩啊！

小熊迷路了，怎麼辦？奇奇要幫小熊找到森林裡的家，可是要怎麼回家呢？請你幫忙找到一條正確的路，和奇奇一起送小熊回家吧！

迷路了該怎麼辦呢？奇奇記得可以請警察伯伯打電話，他還記得爸爸的電話。奇奇是不是很棒呢？你一定也很棒，記得爸爸、媽媽或家裡的電話！迷路時就不怕囉！